VENTE

du Vendredi 27 Avril 1900

HOTEL DROUOT, salle n° 8

à 2 heures

ESTAMPES anciennes et modernes

PIÈCES HISTORIQUES — PORTRAITS

EAUX-FORTES ORIGINALES

anciennes et modernes

Mᵉ Maurice **DELESTRE**, Commissaire-priseur
5, Rue St-Georges

M. Loys **DELTEIL**, artiste graveur, expert
67, Rue Ste-Anne

VENTE

du Vendredi 27 Avril 1900

HÔTEL DROUOT, salle n° 8

à 2 heures

ESTAMPES anciennes et modernes

PIÈCES HISTORIQUES — PORTRAITS

EAUX-FORTES ORIGINALES

anciennes et modernes

Mᵉ Maurice **DELESTRE**, Commissaire-priseur
5, Rue St-Georges

M. Loys **DELTEIL**, artiste graveur, **expert**
67, Rue Ste-Anne

CONDITIONS DE LA VENTE

Elle sera faite au comptant.

Lee acquér urs paieront *cinq pour cent* en sus des adjudications.

M. Loys Delteil, remplira les commissions que voudront bien lui confier les personnes ne pouvant y assister.

MM. les amateurs pourront visiter la collection, *67, Rue S*te*-Anne, les 23, 25 et 26 Avril, de 9 h. à 4 heures.*

DÉSIGNATION

ESTAMPES

Almanachs

1 — Almanach en 2 pl. surmontées des signes du zodiaque, par Desenne. Belles épr. avant toutes lettres.

2 — Louis XVIII et la Famille Royale. Deux p., in-4 avant toutes lettres, pour almanachs ? Très belles épreuves.

Basan (F.)

3 — L'Atelier du Peintre — La Cuisine bourgeoise. Deux p., in-fol., d'apr. Lallemand, faisant pendants, Très belles épreuves.

Boilly (d'après L.)

4 — Réunion d'artistes, par A. Clément avec la pl. explicative au trait. Deux p. in-fol.

Boilvin (Emile)

5 — Tête de page et Cul-de-lampe pour les œuvres de Fr. Coppée. Deux p. Très belles et fort rares épreuves avec les jolis *croquis*, effacés ensuite avant la publication des pl. (sur japon).

6 — La Baigneuse. Suite de huit épreuves d'états différent depuis l'eau-forte pure jusqu'à la terminaison de la planche. Très belles épreuves, la plupart avec des retouches au crayon et à la plume.

Bouvenne (Aglaüs)

7 — Barbez d'Aurévilly, portrait-charge, d'après F. Rops. Deux lith. différentes sur chine, une signée,

Buhot (Félix)

8 — Au fil de l'eau, d'apr. G. Jundt (G. Bourcard 5). Trois belles epr. d'artiste des 1er, 2e et 3e états. Rares.

Carrière (Eugène)

9 — La Pensive, lithographie. Très belle et fort rare épr. du 1er état avant la pl. diminuée, sur chine.

Casa (Nicolo della)

10 — Baccio Bandinelli, sculpteur florentin. Très belle épr.

Chambord (Henri, comte de)

11 — Jeune garçon en silhouette tirant de l'Arc. Lith. originale. Très belle épr. rare.

Chassériau (Théodore)

12 — Vénus Anadyomède (A. Bouvenne 25). Belle épr. sur chine.

Chauvel (Théophile)

13 — Saulaie (L. Delteil 76) — Troupeau de Vaches au bord d'une riviere (72) — Bateaux à marée basse (88). Cinq p., d'après Dupré et Em. Vernier. Belles épreuves, deux avant la lettre.

Condé (John)

14 — La Chevalière d'Eon ou la *Minerve Gauloise*, 1791. In-4. Très belle épreuve. Rare,

Coiffures et Costumes

15 — Coëffure aux charmes de la Liberté — Baigneuse à la Frivolité — Bonnet à la Glaneuse. Trois p. Belles épr., la 1re coloriée.

15bis — *Suite de Cavaliers, dessinés par Bertaux, et gravée par Billé, 1777.* Frontispice et 6 pl. — *Habillements à la Mode de Paris, 1761,* 4 pl. par Gillberg — Les Recruteurs à la campagne En tout douze p., impr. en sanguine.

16 — Costumes militaires. (Règnes de Louis XV et Louis XVI) Cent-quatre-vingt-quinze pl. d'imagerie populaire de l'époque, renfermant plus de 800 costumes coloriés (Plusieurs doubles). N. B. Ce no pourra être divisé.

17 — Costume Parisien (Recueil de Lamésangère), années
1806 à 1815. Quarante-neuf pl. Belles épreuves, coloriées

17bis — Costume Parisien, années 1818 à 1828. Cent-neuf
pl. y compris plusieurs doubles. Belles épr., coloriées.

18 — Costumes des Théâtres de Paris, publiés par Martinet
(pl. 103 à 200). Soixante-dix-sept p., y compris plusieurs
doubles. Belles épreuves, coloriées.

18bis — Costumes des Théâtres de Paris, publiés par
Martinet. Soixante-dix pl. Belles épreuves, coloriées,
plusieurs doubles.

19 — Costumes militaires : 1er Empire et Restauration.
Quinze p. par Levachez, Rugendas, Canu et autres.
Belles épreuves, six coloriées.

20 — Costumes militaires ; 1er Empire et Restauration.
Trente-deux dessins à la sépia, dans le goût de Charlet.

21 — Costumes militaires du 1er au 3e Empire. Cinquante
p., la plupart coloriées.

22 — Costumes divers — Coiffures. Soixante-dix petites
p., la plupart coloriées.

Daumier (Honoré)

23*— Tête d'homme, unique essai sur un cuivre ou se
trouvent également des essais par Rops, Harpignies et
Taïée (exécutés le 29 mai 1872, pendant une soirée
chez M. Ch. de Bériot). Rare.

De Groux (Henry)

24 — Baudelaire. Très belle et rare épreuve d'essai sur
chine volant, signée.

25 — Richard Wagner. |In-fol. Très belle et fort rare épr.
non terminée sur chine volant, signée.

26 — Le même portrait sur japon, signée.

Delacroix (Eugène)

27 — Mme Frédéric Villot (A.M. 10). Très belle épreuve du
2e état, sur japon.

28 — Hamlet — Paris, Gihaut. Suite complète de 13 p.,
dans la couverture de publication. Belles épreuves.

Desboutin (Marcellin)

29 — Willette, en Pierrot. In-4. Très belle épr., avant toute lettre, signée.

Detaille (Edouard)

30 — Le Drapeau du 1er Hussards. 1897. Grand in-fol. Lithographie originale. Très belle épreuve sur chine.

Duplessis-Bertaux (J.)

31 — La Bienfaisance ingénieuse (Elléviou aux Champs-Elysées). Belle et rare épreuve à l'eau-forte pure.

Durer (Albert)

32 — La Grande Fortune (B. 77). Superbe épreuve tirée sur papier à la Grande Couronne.

33 — La Petite Fortune (B. 78). Très belle épreuve.

34 — Albert, archevêque de Mayence (B. 103). Belle épr.

35 — La Face de Jésus-Christ (B. 25). Très belle épreuve.

35bis — La Vierge couronnée par deux Anges — La Vierge au Singe — Jésus devant Pila'e — Les Instruments de la Passion, etc. Sept p. Originaux et copies.

Dutertre

36 — Portraits de l'Artiste, des Généraux et Savants de l'Expédition d'Egypte. Quatre-vingt-dix sept p. Belles épreuves sur chine.

Ecole Ancienne

36bis — Sujets religieux et de fantaisie. Douze p. par ou d'apr. A. Durer, Beham, Marc-Antoine, Solis.

Ecole Française

37 — Le Jardinier galant — La petite Ecole — La Puce — La Jarretière — L'Amour quêteur — La Fille grondée, etc. Huit p., par Martinet. Aveline. Le Mire, Letellier, etc. Belles épreuves.

37bis — Les Nymphes scrupuleuses — Le Pot au lait — Le
Verre d'eau — Ah ! je te tiens — Je t'en ratisse, etc.
Sept p., d'apr. Lavreince, Fragonard, Danloux, De Troy,
par Vidal, Ponce et autres.

38 — Sujets divers et Têtes de fantaisie. Dix-sept p., d'ap.
Watteau, Boucher, Le Prince, par Aveline, Heberts,
Filleul, St-Non, etc. Belles épreuves.

Ecole anglaise

39 — Le Chien du riche — Le Chien du pauvre ? Deux p.
in-fol. à l'aqua-tinte. Très belles épreuves avant toutes
lettres, impr. en bistre.

Escrime (Estampes sur l')

40 — Chevalier Descassau — *Representacion en perspec-
tiva d'ena sala de esgrima*. Deux p. Belles épreuves.

Fantin-Latour (Henri)

41 — Inspiration, 2e planche (G. Hédiard 121). Très belle
épr. sur japon.

42 — Vénus et l'Amour. 2e planche (G. Hédiard 124). Très
belle épreuve sur chine volant. Rare.

43 — Vénus Amadyomène (G. H. 144). Superbe épreuve
sur chine.

44 — A J. Brahms (G. H. 145). Très belle épr. sur chine
volant. Rare.

Flameng (Léopold)

45 — Sujets divers — Portraits et Têtes de fantaisie. Trente-
neuf p,, d'après Rembrandt. Très belles épreuves avant
toutes lettres à toutes marges.

Freudeberg (d'après S.)

46 — Le Marchand d'Images, par Perrot, en forme d'écran.
Belle épreuve avant la lettre.

Gantrel (Etienne)

47 — Anne d'Autriche et Louis XIV enfant. In-fol. Belle
épreuve.

Gaultier (Léonard)

48 — Gamache (Phil. de), Très belle épr.

49 — Louis XIII, 1622. Belle épr, d'un portrait rare.

Gellée (Claude)

50 — La Danse sous les arbres (R.D. 10). Belle épreuve.

Guérin (C.)

51 — Personnages divers. Quatorze p. Belles épr. avant la lettre, impr., en bistre.

Guérin (d'aprés J.)

52 — Mirabeau, par G. Fiesinger (1793). Belle et rare épr. du 1er état, avec l'encadrement sur fond vert.

Hédouin (Edmond)

53 — Repas de Chasse, d'apr. C. Vanloo — Têtes de fantaisie, d'ap. Greuze — Un Cabinet d'Amateur — Idylle. Quatorze p. Très belles épr. d'artiste.

Hulot (C.)

54 — Le Libéral — L'Ultra. Deux p., faisant pendants. Belles épr., en couleurs (ont été mises au carreau).

Janet (d'après Clouet dit)

55 — Charles IX, par Massard. In-4. Très belle épreuve.

Jeanniot (Georges)

56 — Les Vieilles. Très belle épr., impr., en bistre, chine volant.

Legrand (Louis)

57 — Musicienne — Danseuse. Deux lith. Belles épr., sur japon.

Louis XVI — Révolution — Empire
Restauration

58 — Louis XVI (*à Paris chez Jean*) — *La St Barthélemy de* MDCCLXXIV (1774). — Necker — Abbé Maury — Cinq p., in-4 et in-fol.

59 — Le véritable Héroïsme (Duc d'Orléans, Philippe-Egalité) nov. 1787, par Levachez. Belle épr., impr. en bistre. Rare

60 — La Vieille Patriote. In-4. Très belle épreuve impr., en couleurs. Rare.

61 — Scènes de la Révolution. Soixante petites p., rondes. Belles épreuves, sans marges.

62 — Scènes de la Révolution. Cent-quarante-cinq p., la plupart extraites des *Révolutions de Paris*.

63 — *Les braves Brigands d'Avignon* — La Cour des Pairs — Les Fédérés — Les Nouveaux Cris de Paris — Le Calculateur Patriote, etc. Seize p., satyriques relatives à la Révolution.

64 — Révolution : Mirabeau — Lepelletier St Fargeau — G. Gouthon — J. Chalier, etc. Vingt-trois p., par Vérité.

65 — Monnier (G^{al}), en pied, par Coqueret. Belle épr., coloriée, sans marges.

66 — Révolution : Corday (Charlotte) — Necker — Lepelletier St Fargeau — Charette — Bergasse — Roland. Sept p., par Mis Sardsam, la Citoyenne Montaland, N. De Launay et anonymes.

67 — Généraux : Pichegru — Moreau — Dumouriez — Actions glorieuses : Cambronne, Desaix, Rapp. Dix p., par A. Freschi, Bonneville, Charon et anonymes. Belles épreuves.

68 — République Française, par Copia — Empire Français (2 En-têtes par B. Roger) — Préfecture de Loir-et-Cher (Duplessis-Bertaux) — Commission du Commerce (Tilliard) — Liberté, Egalité, etc. Quatorze p. Belles épr.

69 — *Napoleon Bonaparte, Chef de Brigands; at his Post of Honor*, 1813. In-8. Très belle épr. Rare.

70 — Portraits de Napoléon Ier, comme Consul et Empereur Dix p., par Benoist jeune, Tassaert, Laugier etc. Belles épreuves.

71 — *Réunion des Braves au Café Montensier : Les Lanciers Polonais*, chanson. Très belle épreuve. Rare

72 — *Napoleon sur la Colonne*, avec chanson — *Colonne triomphale à la Gloire des Français*... — *Arc-de-Triomphe de l'Etoile, élevé... pour l'entrée à Paris de Marie-Louise...* Trois p. Très belles épreuves, rares

73 — *Monument érigé sur la place Victoire, en l'honneur du Général Desaix....* — *Flaine érigée à la gloire du Gal Desaix, Place Desaix à Paris.* Deux p, rares. Très belles épreuves.

74 — Joséphine — Marie-Louise. Dix p., par Benoist, J. Godefroy. Schenck, Bosselman, etc. Belles épreuves, une avant la lettre.

75 — Eugène, Jérôme, Joseph, Louis et Lucien Napoléon. Treize p., par J.P. Simon, Noël, Douas et anonymes, plusieurs coloriés.

76 — L'Impératrice Joséphine — Eugéne, Jérôme, Joseph et Louis Napoléon et leurs Epouses. — Eugène Beauharnais G^d duc de Berg et leurs Epouses. Quinze p., in-8 publ. par Noël. Belles épr., coloriées

77 — *Réception de Napoléon, au grade de P:H.·.R par les Illuminés.* — *Wahre-Abbildung von Napoleons Thron* — Médaille : *L'Incomparable Napoleon 1er*.. — Le Sceau de l'Empire Français — Création de la Légion d'Honneur. Sept p., curieuses. Belles épreuves.

78 — Bataille et Bivouac d'Austerlitz, 5 pl., diff. — Adieux de Fontainebleau, 5 pl. diff. En tout dix p., in-4 par Charon et anonymes. Très belles épreuves.

79 — Batailles : La Moskowa — Dresde — Leipsick — Lutzen — Ulm — Les Pyramides — Fleurus — Mont St Jean — Retour de l'Ile d'Elbe. Treize p., par Lambert, Reinhold et autres. Trés belles épreuves.

80 — Carte de l'Ile d'Elbe, 1814 — *Porto ferrajo auf Elba* — *Napoleon dans l'Ile d'Elbe méditant son retour en France..* Trois pièces par de Haller. Bosselman et anonyme. Belles épreuves.

81 — Au Courage malheureux — A la Mémoire des Braves
péris le 18 Juin 1815 — Le Soldat moissonneur — Gloire
et Regrets — *Si la patrie eut pû se défendre ces Braves
l'auraient sauvée* — *Les Parisiens volontaires ou
qui l'aime me suit* — Le Brave dans ses foyers. Belles
épreuves, plusieurs rares.

82 — Le Triomphe de la Religion — Napoléon rétablit le
culte des Israëlites — Le petit bonhomme vit encore —
Ils n'ont *plus peur !!* — *Grand Dieu c'est lui !!* —
Le Quinze Août à Ste Hélène. — *Mort de Bonaparte.*
Neuf p., relatives à Napoléon 1er. Belles épr., une imp.
en couleurs.

83 — Napoléon cause avec les Prisonniers après la Bataille
de Wagram — Combat d'Ostrowno — Champ de Bataille
de Wagram — Entrée à Paris de Napoléon et Marie-Louise
— Chapelle ou s'est célébré le Mariage de Napoléon —
Lefebvre-Desnouettes dirige les travaux d'Aigleville.
Douze p. Belles épreuves.

84 — Alexandre et Eugène de Beauharnais. Neuf portraits
et scènes relatifs à ces deux personnages. Belles épreuves

85 — Scènes relatives à Napoléon 1er. Cinquante-deux petites
p., rondes. Belles épreuves.

86 — Scènes historiques relatives à Napoléon et aux Généraux du 1er Empire. Cent-trente p., d'après Laffite, Swe-
bach, Rafflet et autres.

87 — Caricatures sur Napoléon 1er, publ., en Allemagne
par Ackerman et Campe. Treize p. Très belles épreuves

88 — Portraits du Roi de Rome. Sept p., par Kolb, N.
Schiavoni, Steinmuller, Desnoyers etc. Très belles épr.,
deux avant la lettre, sur chine.

89 — Portraits du Roi de Rome, ou duc de Reichstadt.
Douze p., pa. Blanchard, D. Weiss, A. Fox, Simon et
anonymes, plusieurs rares. Très belles épreuves.

90 — *Mme la Csse de Montesquiou, présente à Napoléon
1er, son Auguste fils, le Roi de Rome...* — *Le Roi
Rome au berceau* — Napoléon 1er montrant son fils à
la Ville de Rome... — *l'Empereur Confie au génie de
la france, son fils...* Quatre pièces. Très belles épreuves
Rares.

91 — *Les premiers pas du Roi de Rome...* — Bienfaisance du Roi de Rome — Mort du Roi de Rome — *Napoléon reçoit son Fils au temple de la Gloire* — *Ah mon Fils! devrais-je te voir sitôt!!* — *Les deux Victimes* — *Le Sommeil du Lion* — *Les Prétendants* Sept p., relatives au Roi de Rome. Très belles épreuves

92 — *Le Vase Impérial* — Les Vœux de la France — *L'Enfant chéri* — *La Belle nourrice* — *Napoléon heut und nimmermehr*, ode, 1832. Six pièces rares. Très belles épr., 4 impr., en couleurs ou coloriées.

93 — *Marie-Louise et son Fils* — *Aux Armes!* — *Je prie Dieu pour mon Père et pour la France* — *La Compagne du Laurier et l'espoir de la France* — *Bouquet chéri* — Le Roi de Rome assis sur un mouton Huit p. Très belles épreuves.

94 — *Les derniers moments du Duc de Reichstadt à 5 heures du matin, le 22 Juillet 1832.* In-8. Très belle épr., colorié Fort rare.

95 — *Le Portrait d'un bon Roi* (Louis XVIII). Très curieuse pièce par J.B. Verzy. Trés belle épreuve.

96 — Louïs XVIII, roi de France. Quatorze p., par Lecerf, Niquet, Brenet, Legrand, Janet, etc. Très belles épreuves

97 — Louis XVIII et la Famille Royale : *Bouquet Royal* — *Amnistie du 12 Janvier 1816* — *L'Olivier de la Paix* — *Boussole Royale* — *Branche des Bourbons* — *Objets de l'Amour et des Regrets des bons Français* *Ces Fleurs réalisent nos Espérances* — *Henri quatre et ses descendants*, etc. Vingt p. par Charon, J, Marchand, E.H. Langlois, Cornu, etc. Très belles épreuves.

98 — Louis XVIII et Famille Royale de France. Trente'quatre curieuses petites pièces coloriées. une à tirette.

99 — Angoulême (Duc d') — Mlle d'Artois. Dix p., par Touchard. Charon, Mauduison, etc. Belles épreuves, plusieurs rares.

100 — L'Exilée — Le Génie de la France pleurant le Duc de Berry — Chapelle ou fut déposé le corps du duc de Berry — *Une Veuve et son Fils* — *O mon Charles!...* — *Treize Février 1820!!*, etc. Vingt p., relatives au Duc et à la Duchesse de Berry, plusieurs rares. Très belles épreuves.

101 — *Triomphe des Lys — La Paix ramène l'abon-
dance — Serment des Amazones Françaises, 1815*
Clémence de Charles X — Abolition de la Censure, etc.
Quatorze p., relatives à Louis XVIII et Charles X, plusieurs rares.

102 — Louis XVIII — Charles X — Louis-Philippe, Qua-
rante-cinq petites pièces par Canu, Bosselman, Dissard
et autres. Très belles épreu es, plusieurs avant la lettre.

103 — Louis-Philippe 1er — Marie-Amélie — Pce de Join-
ville — Ducs d'Aumale, de Nemours — Mort de Ferdi-
nand d'Orléans — Scènes relatives aux victimes de
Juillet 1730. Vingt p. Belles épreuves.

104 — Jeune Ecossais — Le Petit Pèlerin — *Ce nouveau
Rejeton* — Le nouvel Henri — *Dieu ! veille sur mon
fils — Le nouveau rejeton du Lys.* — La 1re com-
munion, etc. Vingt-deux p. relatives au Comte de
Chambord, plusieurs rares. Très belles épreuves.

Manet (Edouard)

105 — Mlle Morizot (H. B. 55-56). Deux portraits différents.
Très belles épr. sur chine.

106 — La Barricade (H. B. 57). Très belle épr. sur chine.

Marlet

107 — Le Coup de Vent — Antichambre d'un 1er Commis
Deux lith. des *Tableaux de Paris*.

Meissonier (Ernest)

108 — Cadavre de Soldat (H. B. 25). Très belle épr. Rare.

Meunier (Constantin)

109 — Planche de trois croquis : Moine assis dans une
stalle — Tête de jeune Femme — Tête de Vieille — La
Tête de Vieille seule, terminée, la pl. coupée. Deux p.,
la 1re *de toute rareté*.

Michelin (Jules)

110 — Chataigners à Royat — Rivières d'Yères — L'allée
ombreuse — A Vichy — Près le Pont de Crosne, etc,
Seize p. Très belles épr. la plupart sur chine.

Millet (J. F.)

111 — La Veillée (A. L. 15). Très belle épr. sur papier ancien Rare.

112 — La Gardeuse d'oies (17). Très belle épr. sur papier ancien. Rare.

Monnier (Henry)

113 — Danse Fantastique — Une Victime de l'ancien système. Deux p. Belles épr., la 2me coloriée.

Morin (Edmond)

114 — Scènes de Genre — Tête de Vieille Femme — Vignettes pour Th, Gautier — Carte d'invitation aux soirées de Ph. Burty. Quinze eaux-fortes, épr. d'artiste, une impr. sur soie.

Ornements

115 — **DUPLESSIS FILS**, 1re Suite de Vases composés. Six pl. Belles épreuves à toutes marges.

Ostade (Adrien van)

116 — L'Homme et la Femme causant ensemble (B, 12)· Deux belles épr. dont une avant les derniers travaux.

117 — L'Homme conversant avec la Femme (B. 37). Belle épreuve.

Paris (Estampes relatives à)

118 — Théâtre des Variétés : perspective et coupe, par Prieur. Belles épreuves, coloriées.

119 — Plan de Paris, dessiné et gravé par Cl. Lucas sous la direction d'Et. Turgot, en 20 pl. rel. Très belle exempl. du tirage postérieur, avec emboitage.

Pièces historiques

120 — Audience solennelle donnée par le roi de Siam au Chevalier de Chaumont 1685 — Cérémonie des chevaliers du Saint-Esprit — Ouverture des Etats de Bretagne — Prise de la Bastille — Miracle d'une Croix à Migné — Caricatures, etc. Vingt p. Belles épreuves, plusieurs rares.

Piguet (Rodolphe)

121 — Mlle Strœhlin, de Genève (H. B. 21). Très belle épr.

122 — Mlle Irma Meunier (H. B. 24). In-fol. Très belle épr.

123 — A l'Atelier — Suzanne — Menus des Eclectiques. Six p., in-8. Très belles épreuves, la plupart en épr. d'artiste.

124 La Jeune Femme au manchon. Lithographie. Rare.

Portraits

125 — Henri IV, roi de France. Six p., par Th. de Leu, Simon de Passe, F. Valegio, Franco. Belles épr.

126 — Le même Monarque. Huit p., par Ridé. Marcenay, Dupin fils, etc. Deux impr. en couleurs. Be'les épr.

127 — Anne d'Autriche, jeune (*N. de Mathonière excudit*) Rare.

128 — Rois et Reines de France — Personnages célèbres. Vingt-et-une p. par Sergent, Ridé et Mme Cernel. Très belles épr., impr. en couleurs.

129 — Bourgogne (Louis, duc de) — Conty (L. de Bourbon) Conty (L. F. de Bourbon) — L. Auguste, Duphin — Conty (Armand de Bourbon) et son épouse — Provence Csse de) — Louis XV. Neuf p. par P. Schenck, Vangelisty, Romanet, Lse Ade Boizot. Nilson, etc. Belles épreuves.

130 — Femmes : Levesque (Lse Cavellier) — Vincent (Julie de Villeneuve de St) — Roland (Mme) — Brionville (Mlle) — Bénard (Mme) — Morency Il!yrine de) — Visinier (Gve Eliz.) — Pologne (Marie, Psse de) — Patinae (Gab. Caroline). Dix p. par Suzanne Sandrart, Dupin, Lips, Meiger et autres. Belles épreuves.

131 Religieux : Joly (B.) — Charpentier (H.) Labre (B. J.) — Bernard (R. P.) — Le Camus, évêque — Gauffre (Ch. le) Saueuses (Ch. de). Dix p. par Bazin, Roullet, Schuppen, etc. Belles épreuves.

132 — Besenval (J. V.) — Berbier du Metz (Cl.) — Coffin Secousse (J. L.) — La Brousse (N. de) — Hallé (P.) — Vouet (Simon). Huit p., par Cl. Drevet S. Le Clerc, Cossin, Simonneau et autres. Belles épreuves.

133 — Chrétien (J.), âgé de 17 ans — Allix (L^t G^{al}) —
Moussard — (P.), 3 états différents — Foy (Victor) —
Hassenfratz — C^{sse}de Salm — Calas. Dix p., par Lips,
Mariage, Chailly, Beljambe, etc. Belles épr. plusieurs
avant la lettre.

134 — Cacault (F.) — Lambrecht (G.) — Isnard (M.) —
Boissy d'Anglas — Aumont (duc d') — Mulot (F.V.) —
Blanchard (J. P.), aéronaute — Baudin (N.) — Nicolaï
(L. H. de) — Rivarol (P. de). Dix p. par Mecort, Gutten-
berg, J. Newton. Fontana, etc. Belles épreuves.

135 — Louis XIII— Marescot — Sorel (Ch.) — Martin (R.P.)
Maugis (Claude) — Lhermite (J. B) — Adam, le poète
menuisier — Chesneau (H.) Dix p., par Mich. Lasne,
Patigny, C. Bloemart, L. Vorsterman et autres. Belles
épreuves.

135bis — Hagnon (J. A.) — Comier de Cideville — Gilbert
de Voisins — Oger (J. F.) — Roullié d'Orfeuil — Agay
(c^{te} d') — Nieuport (F. E. de) — Baschi (Ch, de). Dix p.
par Daullé, Gautier, Dagoty, Caɪhelin, Chenu et autres.
Belles épreuves,

136 — Clément (Hilaire) — Lespine (R. de) — Olier (Mme
Ed.) — Balthazar (Ch^r). Douze p., par Daret, Roullet,
David, Pontius, Bonnart, Tavernier, etc. Belles épr.

137 — Muret (C.) — Vertelame (P. de) — Lebret (Ç^{al}) —
Alençon (duc d') — Chasteignier (J.) — Loret (Jean) —
Papillon — Chamillart (M. de) — Daffincourt — Foucault
(N, J.) Douze p. par J. Picquet, Briot, D. Dustos, Nan-
teuil, Duflos. etc. Belles épreuves.

138 — Herbin-Bion (N.) — Dargenville (A. J.) — Surval (de)
Favart — Le Roy de Chaumont — Gaudens (D.) —
Vanière (Ignace) — Gebelin — Desfontaines (Guyot) —
St-Sever. Douze p., par Savart, Mariage, Vangelisty,
Littrel, Schmidt, etc. Belles épreuves.

139 — Bizemont (Cte de) — Astorg (Cte d') — Chaillou
(M^{ise} de) — Clairambault (C^{sse} de) — Caraman (C^{sse}
Louise de) — Les Enfants de Mme de Chimay — Ano-
nymes. Quatorze lith. par Marlet, A. Moitte, Crespy-le-
Prince, Mme de Chimay, plusieurs rares. Très belles
épreuves.

140 — Mirabeau — Condorcet — Robespierre — Bailly —
Chalier, etc. Cinquanté p. par divers artistes.

141 — Personnages de la Révolution. Soixante-quinze p.,
la plupart par F. Bonneville. Belles épreuves.

142 — Personnages de la Révolution. Quatre-vingt-quinze
p., par L. A. Claessens et Sardi. Belles épreuves,

143 — **GÉNÉRAUX** : Assas (le chevalier d') — La Tour d'Au-
vergne — Kléber — Cailleres L'Estang — Moreau —
Hoche — Marceau — Cambronne, etc. Vingt-deux p.,
par Moret, Gaucher, Bonneville, B. Gautier et autres.
Belles épr. deux avant la lettre, une impr. en couleurs.

144 — Généraux Français. Quarante-six p., par Lefevre,
Nargeot et autres, plusieurs avant la lettre, deux impr.
en couleurs et en bistre.

145 Généraux Français. Cent-cinq p., publiés par Ambroise
Tardieu.

146 — Charles X, roi de France. Neuf p. par divers artistes.
Trés belles épreuves.

147 — Portraits et scènes relatifs à Louis-Philippe, au ducet
à la duchesse de Berry, etc. etc. Quatorze p. Belles épr,

148 — Portraits divers. Vingt-trois p. par Hillemacher, Abot,
Guillaumet fils, Lalauze. la plupart avant la lettre.

149 — Portraits divers. Vingt-quatre p., par Sichen, R.
Gaillard, Wysman et autres. Belles épreuves.

149bis — Portraits divers, la plupart anciens. Soixante p.,
par Pontius, G. Edelinck, M. Lasne et autres.

150 — Rousseau (J.-J.) — Vignettes — Tombeau, par Moreau
le Jeune. Trente-deux p. Belles épreuves.

151 — Sophie Ruffey — Dupont de l'Eure — Aimé Martin
— Mme de Montolien — Mme Dacier — Prosper Laroche
marinier - sauveteur, etc. Huit dessins par Trimolet,
Ambr. Tardieu, Lamare et anonymes.

Rajon (Paul)

152 — Le Liseur — Un Savant — Le Plan de Campagne.
Trois p., d'après Meissonier et Detaille. Belles épr. d'artiste, les 2 premières non terminées.

Rembrandt (van Ryn)

153 — Rembrandt dessinant (D. 22 B. 22.) Belle épreuve
avant les derniers travaux.

154 — Abraham avec son fils Isaac (D. 39 B. 34). Belle épr.

155 — Le Sacrifice d'Abraham (D. 40 B. 35). Belle épr.

156 — Joseph racontant ses songes (D. 41 B. 37) — L'Ange qnittant la famille de Tobie (46-43). Deux p. Belles épr.

157 — La Présentation au Temple, avec l'Ange (D. 56 B. 51) Belle épreuve.

158 — Le Denier de César (B. 68 D. 81). Trés belle épr. du 1er état.

159 — Décollation de St-Jean-Baptiste (D. 74 B. 92). Belle épreuve.

160 — La Petite Résurrection de Lazare (D. 78 B. 72). Belle

161 — Descente de Croix au flambeau (D. 90 B. 83). Belle épreuve. Collection Gervaise.

162 — Les grands Disciples d'Emmaüs (D. 94 B. 87). Très belle épreuve.

163 — Le Martyre de St-Etienne (D. 100 B. 97). Belle épr.

164 — Les trois Figures orientales (D. 119 B. 118). Très belle épreuve sur *papier a la Folie*.

165 — Le Maître d'école (D. 128 B. 128). Belle épreuve,

166 — Juif à grand bonnet (D. 132 B. 132) — Vieillard à courte barbe (147-151) — Gueux se chauffant les mains (175-159) — Gueux estropié (175-179). Quatre p. Belles épreuves.

167 — Le Cochon (D. 153 B. 157. Belle épr. du 2º étar.
168 — Deux Mendiants, homme et femme, à côté d'une butte (B. 165 D. 161). Très belle épreuve avant les dernières retouches.

169 — Gueux assis sur une motte de terre (B. 174 D. 170). Très belle épreuve du 1er état, avant le nom du maître écrit avant toutes lettres.

170 Le Vieillard endormi (B. 189 D. 176). Très belle épr. d'une pièce rare.

171 — Femme nue, les pieds dans l'eau (D. 197 B. 200). Belle épreuve.

172 — La Négresse couchée (D. 202 B. 285). Belle épreuve.

173 — Le Paysage au bateau (D. 233 B. 236). Belle épreuve.

174 — Le docteur Faustus (D. 259 B. 270). Belle épr.

175 — Lutma (Jean), orfèvre (D. 265 B. 276). Belle épr.

176 — Menassé-ben-Israël (D. 262 B. 269). Belle épr.

177 — Vieillard à barbe carrée (D. 280 B. 265). Très belle épreuve du 1ᵘ état.

178 — Homme à moustaches et grand bonnet (D 314 B 321) Belle épr. avant les dernières retouches.

179 — Tète de Vieille regardant en bas (D. 339 B. 351). Belle épreuve. Rare.

180 — Mauresse blanche (D. 345 B. 345). Belle épreuve.

181 — Trois Têtes de Femmes, dont une qui dort (D. 356 B. 368). Belle épreuve.

182 — L'Adoration des Bergers (D. 51 B. 46) — La Circoncision (52-47) — La Vierge et l'Enfant Jésus dans les nuages (64-66) — La Samaritaine, (72-70). Quatre pièces.

183 — Gueux et Mendiants — Les Baigneurs — Paysage à la vache qui s'abreuve. Six pièces.

Roger (Barthélemy)

184 — Rois et Reines de France et Familles Royales. Quarante-deux p. Belles épreuves.

Rops (F.)

185 — Pigeon-Vole (Ramiro 18). Belle et très rare épr., de la planche entière, sur chine volant.

186 — Femme à la toque écossaise (R. 23). Très belle épr., avec la sigature.

187 — Petite Sorcière (R. 79). Belle épreuve sur japon.

188 — La Petite Liseuse (R. 159). Belle épreuve du 2ᵉ état.

189 — Le Bailli. Vernis-mou. Belle épreuve sur japon.

190 — Cy-devant. vernis-mou. Belle épreuve sur japon.

191 — Tesson humain. Belle épreuve sur japon.

Rousseau (Théodore)

192 — Vue du Berry (H.B. 1). Très belle épreuve sur japon. Rare. On y a joint une épreuve de la planche biffée. En tout deux p.

193 — Vue du plateau de Bellecroix (H.B. 2). Très belle épr. sur japon. On y a joint une épreuve de la planche biffée Ensemble deux p.

Roybet (F.)

194 — Les Joueurs de Trictrac (H.B. 3). Très belle épr. avant la lettre.

Schall (d'après F.)

195 — L'Adroite Confidente, par Vionet. In-fol. Belle épr., coloriée.

Traviès (C.J.)

196 — Liard, Chiffonnier Philosophe. Très belle épr. Rare.

Vangélisty

197 — Mlle Caroline Vuïet. Deux belles épreuves.

Wille fils (d'après P.A.)

198 — Petit Vaux-Hall. In-fol. Epreuve ancienne.

199 — Sous de n° il sera vendu un certain nombre d'estampes non cataloguées et environ mille affiches.

Imp. A. Charles, 26, Rue Rambuteau, Paris